W9-COI-996

图书在版编目（CIP）数据

一只聪明的笨狼／（法）勒鲁瓦著；（法）莫德绘；邢培健译.--武汉:长江少年儿童出版社,2015.3
（海豚绘本花园）
ISBN 978-7-5560-2075-1

Ⅰ.①一… Ⅱ.①勒… ②莫… ③邢… Ⅲ.①儿童文学-图画故事-法国-现代 Ⅳ.①I565.85

中国版本图书馆CIP数据核字（2015）第025523号
著作权合同登记号：图字17-2013-269

感谢让·勒鲁瓦，他是一位非常有礼貌的作者。

献给诺埃、巴西勒、阿纳埃、埃利奥，他们也差不多是挺有礼貌的孩子……

——马修

一只聪明的笨狼

[法]让·勒鲁瓦/文　　[法]马修·莫德/图

邢培健/译　责任编辑/傅一新　佟一

装帧设计/叶乾乾　美术编辑/卢艳

出版发行/长江少年儿童出版社　经销/全国新华书店

印刷/广州市番禺艺彩印刷联合有限公司

开本/787×1092　1/16　2.5印张

版次/2015年3月第1版第1次印刷

书号/ISBN 978-7-5560-2075-1

定价/29.00元

Un jeune loup bien éduqué

Text by Jean Leroy and illustrations by Matthieu Maudet

© 2013 l'école des loisirs, Paris

Simplified Chinese edition arranged through Dakai Agency Limited

Translation copyright © 2015 by Dolphin Media

策划/海豚传媒股份有限公司

网址/www.dolphinmedia.cn　邮箱/dolphinmedia@vip.163.com

咨询热线/027-87398305　销售热线/027-87396822

海豚传媒常年法律顾问/湖北豪邦律师事务所　王斌　027-65668649

一只聪明的笨狼

[法]让·勒鲁瓦／文　　[法]马修·莫德／图

邢培健／译

咕咕

长江出版传媒 ｜ 长江少年儿童出版社

有这么一只小狼，他爸爸妈妈把他教育得特别懂礼貌。

这天，他第一次一个人去树林里打猎。

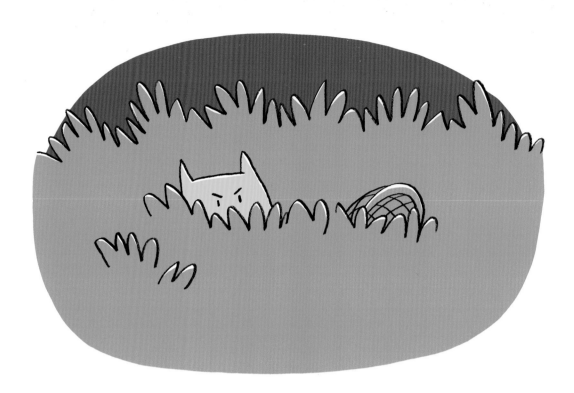

很快，他就逮着了……

一只兔子！

显然，小狼并没有随身带着故事书。
但是，他的爸爸妈妈曾经教育他：
"最后的愿望都应该得到尊重。"

小狼胳膊底下夹着自己最喜欢的故事书回来了，
但是兔子不见了。

于是，气鼓鼓的小猎人开始寻找其他可以填饱肚子的猎物。

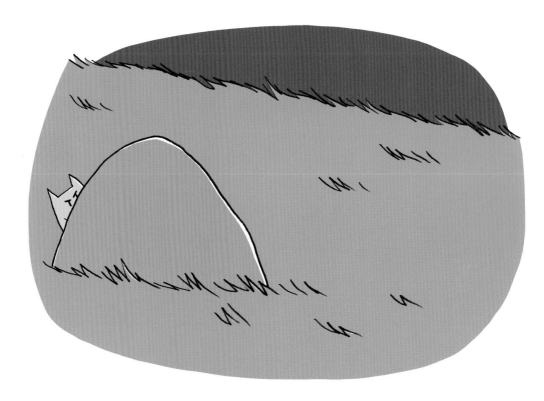

小狼逮住了……

一只小鸡！

但是，小鸡也没等小狼。

他扑向了……

一个小男孩！

一想到要第三次跑回家，
小狼差点儿就发火了。

不过，小男孩并没有要求得到自由，
他还说"求你了"。
于是，小猎人重重地叹了一口气，
又往家里跑去。

真棒!
太谢谢你了!

那么现在……

你该吃我了吧? 真遗憾!
我还想把这张画拿给我的朋友们看看呢……

好吧, 我同意了。
但你得快点儿, 我都饿坏了!